あいさつから実用的な表現まで

ガンバレ！にほんご

加油！日本語

4

大新書局　印行

　「加油！日本語」は主に台湾の中等教育機関で日本語を学ぶ学習者を対象に編集された初級用の教科書です。全40課からなり、次のように４冊に分かれています。

　　「加油！日本語①」　１〜10課
　　「加油！日本語②」　11〜20課
　　「加油！日本語③」　21〜30課
　　「加油！日本語④」　31〜40課

　各課は「会話」「新出単語」「文型」「例文」「練習」という構成になっています。

◎「会話」は挨拶から始まり、生活に即した実用的な表現が学習できるように編集されています。主として敬体文を用いていますが、第４冊では常体文も提示してあります。

◎「新出単語」は第１、２冊では各課20語程度、２冊合わせて約400語が、第３、４冊では各課20〜30語程度、２冊合わせて約500語が、提示されています。また、巻末には標準アクセント付索引が付いています。

◎「例文」はその課で学ぶ文法事項を文の形で提示したものです。「例文」は「練習」、「会話」への繋がりの中で元となるところですので、学習者の理解が望まれます。

◎「練習」は例文を発話と関連づけるためのもので、問答形式や入れ替えなどの練習が設定されています。ここでは学習者が提出された語彙・文型を理解し、それを充分に活用できるようになるまで練習する必要があります。

◎その他、５課毎に復習が設けられ、それまでに学習した重要学習事項が再度提出されています。ここでは学習事項の再定着を目指します。

◎関連教材としては、教科書用CD、練習帳、教師用指導書などが準備されています。

2009年
著者一同

「加油！日本語」是以在台灣中等教育機構學習日語的學習者為對象，編寫而成的教科書。全書由40課所構成，分為以下四冊。

　　「加油！日本語①」1～10 課
　　「加油！日本語②」11～20 課
　　「加油！日本語③」21～30 課
　　「加油！日本語④」31～40 課

　　各課由「會話」「新增詞彙」「文型」「例句」「練習」諸單元構成。

◎「會話」的部分編入了能使學習者學會從寒暄到生活中派得上用場的實用會話表現。主要採用敬體日語編寫，而第四冊則會介紹常體日語。

◎「新增詞彙」部份，第一、二冊中，各課收錄20個左右的單字，兩冊共計收錄了400個左右的單字。而第三、四冊中，各課收錄20～30個左右的單字，兩冊共計500個左右的單字。此外，書末附有標示全部單字標準重音的單字索引。

◎「例句」將該課所學習的文法，以例文的形式表現。由於「例句」是邁向「練習」與「會話」過程中基礎之一環，因此期望學生能詳加理解。

◎「練習」乃將例句結合至對話的活用練習，其中安排了問答形式及代換等練習問題。學生可在此理解之前學過的語彙及句型，並有必要將所學練習至能充分靈活運用的程度。

◎此外，每五課編有一次複習，再次將之前的學習重點加以提示。此處的目標是讓學生能夠牢記學習重點。

◎本書另備有教科書CD、練習問題集、教師手冊等相關教材。

2009年
著者全體

教科書の構成と使い方
<small>きょうかしょ こうせい つかいかた</small>

● **教科書の構成**

　本書は、会話、単語、文型、例文、練習で構成されています（CD付き、ペン対応）。巻頭に平仮名、片仮名の表がありますので、ご活用ください。

● **教科書の使い方**

会話：台湾の高校生陳さんを主人公に、日本で生活する際、いろいろな場面で必要となる基本的会話文で構成しました。先生やCDの発音をよく聞いて、真似をしながら、何度も声に出して読んでみましょう。丸暗記するのもとてもよい勉強法です。

単語：各課20〜30語程度の基本単語を取り上げました。アクセント記号及び中国語訳付きです。また、普段漢字で書く単語のみ、漢字表記を付けてあります。基本的な単語ばかりですから、完全に覚えてしまいましょう。

文型：どれも日本語の基礎となる大切な文型です。Pointをよく見て、日本語のルールを覚えてください。

例文：基本文型を簡単な対話形式で表しました。実際に会話しているつもりになって、先生や友達と練習しましょう。

練習：変換練習、代入練習、聴解練習等を用意しました。基本文法の定着、会話や聴力の訓練に役立ててください。
　　　また、５課毎に復習テストがあります。できないところがあったら、もう一度、その課に戻って見直しましょう。

別冊練習帳：授業時間内での練習や宿題にお使いください。

●**本教材的構成**

　　本書由會話、單字、句型、例句、練習所構成 (附CD、對應智慧筆)。在本書首頁處附有平假名、片假名的五十音拼音表，請善加運用。

●**本教材的使用方法**

會話：主角為台灣的陳姓高中生，內容為其在日本生活之際，面臨各種場面時所必需的基本對話。請認真聆聽老師或CD的發音，一面模仿發音，一面試著反覆唸看看。另外，將整句話背起來也是一種很好的學習方式。

單字：各課列舉20～30個左右的基本單字，並標上重音與中文翻譯。此外，將平常會以漢字書寫的單字，附上漢字的寫法。因為是基本詞彙，所以請全部記起來。

句型：每個都是基礎日語的重要句型，請仔細閱讀要點 (Point)，牢記日語規則。

例句：以簡單的對話形式表現基本句型的用法。請比照實際會話情況，和老師或朋友練習看看。

練習：本書提供了替換練習、套用練習、聽力練習等，請善加運用，以奠定基礎文法，訓練會話與聽力。

　　此外，每五課即附有複習測驗，若有不會的地方，請再次返回該課重新學習。

練習問題集：請於課堂上練習或做為作業使用。

ページ上でのペン機能

點選 会話 ，整篇會話全部朗讀。

點選人名，會唸出此人所講的整段會話。

點選會話中的日文句子，會唸出該句子。

第33課

▶ 富士山に 登った ことが あります。
　　ふ　じ さん　　　のぼ

会話 🔊 *T11*
かい　わ

陳　里奈さんは 富士山に 登った ことが ありますか。
ちん　　り な　　　　ふ じ さん　　のぼ

里奈　ええ、去年 登りました。外国人も たくさん
り な　　　　きょねん のぼ　　　　がいこくじん

　　　いましたよ。

陳　富士山は 外国でも 有名ですからね。雪が
ちん　ふ じ さん　がいこく　　ゆうめい　　　　　　ゆき

　　ありましたか。

里奈　ええ、少し。
り な　　　　すこ

陳　妹は 雪を 見た ことが ありません。
ちん　いもうと ゆき　 み

　　妹と 冬の 富士山に 登りたいです。
　　いもうと ふゆ ふ じ さん　のぼ

里奈　冬の 富士山は 危ないですよ。みんな、7月か
り な　ふゆ ふ じ さん　あぶ　　　　　　　　がつ

　　　8月に 登ります。
　　　がつ　のぼ

陳　夏だけですか。知りませんでした。
ちん　なつ　　　　　 し

単語
　たん　ご

会話 🔊 *T12*
かい　わ

1 のぼります	（登ります）	爬、攀登
2 がいこくじん	（外国人）	外國人
3 ゆき	（雪）	雪
4 あぶない	（危ない）	危險的
5 〜か〜		〜或〜

文型と例文
ぶんけい れいぶん

6 のります	（乗ります）	搭乘、乘坐
7 てんぷら	（天ぷら）	天婦羅〔油炸食物〕
8 いちども	（一度も）	一次也
9 なら	（奈良）	奈良
10 にっこう	（日光）	日光

點選 会話 會唸出此項目的所有單字。

點選 文型と例文 會唸出此項目的所有單字。

點選單字，會唸出該單字。

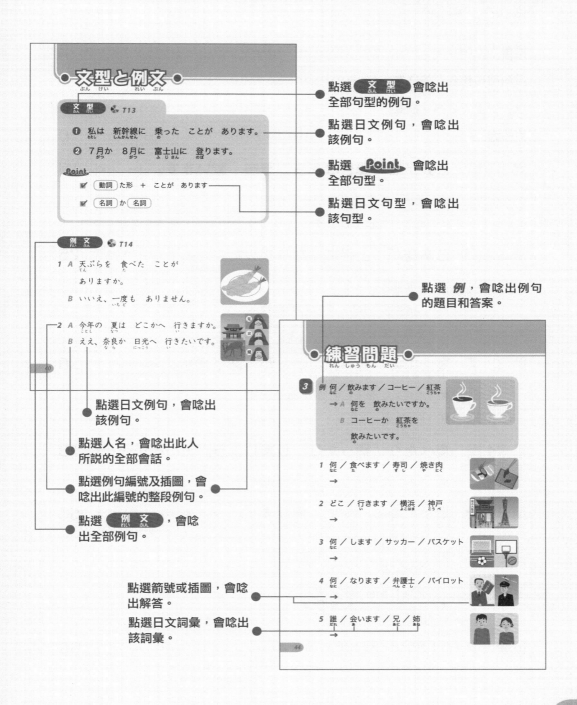

文型と例文

文型 🔊 T13

❶ 私は 新幹線に 乗った ことが あります。

❷ 7月か 8月に 富士山に 登ります。

Point

☑ 動詞 た形 ＋ ことが あります

☑ 名詞 か 名詞

點選 文型 會唸出
全部句型的例句。

點選日文例句，會唸出
該例句。

點選 Point 會唸出
全部句型。

點選日文句型，會唸出
該句型。

例文 🔊 T14

1 A 天ぷらを 食べた ことが
　　 ありますか。

　B いいえ、一度も ありません。

2 A 今年の 夏は どこかへ 行きますか。

　B ええ、奈良か 日光へ 行きたいです。

點選日文例句，會唸出
該例句。

點選人名，會唸出此人
所説的全部會話。

點選例句編號及插圖，會
唸出此編號的整段例句。

點選 例文 ，會唸
出全部例句。

點選 例 ，會唸出例句
的題目和答案。

練習問題

3 例 何／飲みます／コーヒー／紅茶
→ A 何を 飲みたいですか。
　 B コーヒーか 紅茶を
　　 飲みたいです。

1 何／食べます／寿司／焼き肉
→

2 どこ／行きます／横浜／神戸
→

3 何／します／サッカー／バスケット
→

4 何／なります／弁護士／パイロット
→

5 誰／会います／兄／姉
→

點選箭號或插圖，會唸
出解答。

點選日文詞彙，會唸出
該詞彙。

ひらがな筆順
ひつじゅん

1. 清音筆順
せいおんひつじゅん

あ行	あ a	い i	う u	え e	お o
か行	か ka	き ki	く ku	け ke	こ ko
さ行	さ sa	し shi	す su	せ se	そ so
た行	た ta	ち chi	つ tsu	て te	と to
な行	な na	に ni	ぬ nu	ね ne	の no

は行	は ha	ひ hi	ふ fu	へ he	ほ ho
ま行	ま ma	み mi	む mu	め me	も mo
や行	や ya		ゆ yu		よ yo
ら行	ら ra	り ri	る ru	れ re	ろ ro
わ行	わ wa				を o
					ん n

2. 鼻音筆順
びおんひつじゅん

カタカナ筆順
ひつじゅん

1. 清音筆順
せいおんひつじゅん

は行	ハ ha	ヒ hi	フ fu	ヘ he	ホ ho
ま行	マ ma	ミ mi	ム mu	メ me	モ mo
や行	ヤ ya		ユ yu		ヨ yo
ら行	ラ ra	リ ri	ル ru	レ re	ロ ro
わ行	ワ wa				ヲ o

2. 鼻音筆順
びおんひつじゅん

ン n

五十音
ご　じゅう　おん

濁音・半濁音・拗音
だくおん　　はんだくおん　　ようおん

1. 濁音
だくおん

ひらがな濁音 だくおん				
が	ぎ	ぐ	げ	ご
ga	gi	gu	ge	go
ざ	じ	ず	ぜ	ぞ
za	ji	zu	ze	zo
だ	ぢ	づ	で	ど
da	ji	zu	de	do
ば	び	ぶ	べ	ぼ
ba	bi	bu	be	bo

カタカナ濁音 だくおん				
ガ	ギ	グ	ゲ	ゴ
ga	gi	gu	ge	go
ザ	ジ	ズ	ゼ	ゾ
za	ji	zu	ze	zo
ダ	ヂ	ヅ	デ	ド
da	ji	zu	de	do
バ	ビ	ブ	ベ	ボ
ba	bi	bu	be	bo

2. 半濁音
はんだくおん

ひらがな半濁音 はんだくおん				
ぱ	ぴ	ぷ	ぺ	ぽ
pa	pi	pu	pe	po

カタカナ半濁音 はんだくおん				
パ	ピ	プ	ペ	ポ
pa	pi	pu	pe	po

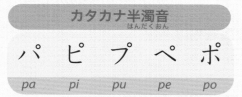

3. 拗音
ようおん

ひらがな拗音 ようおん					
きゃ	kya	きゅ	kyu	きょ	kyo
しゃ	sha	しゅ	shu	しょ	sho
ちゃ	cha	ちゅ	chu	ちょ	cho
にゃ	nya	にゅ	nyu	にょ	nyo
ひゃ	hya	ひゅ	hyu	ひょ	hyo
みゃ	mya	みゅ	myu	みょ	myo
りゃ	rya	りゅ	ryu	りょ	ryo
ぎゃ	gya	ぎゅ	gyu	ぎょ	gyo
じゃ	ja	じゅ	ju	じょ	jo
びゃ	bya	びゅ	byu	びょ	byo
ぴゃ	pya	ぴゅ	pyu	ぴょ	pyo

カタカナ拗音 ようおん					
キャ	kya	キュ	kyu	キョ	kyo
シャ	sha	シュ	shu	ショ	sho
チャ	cha	チュ	chu	チョ	cho
ニャ	nya	ニュ	nyu	ニョ	nyo
ヒャ	hya	ヒュ	hyu	ヒョ	hyo
ミャ	mya	ミュ	myu	ミョ	myo
リャ	rya	リュ	ryu	リョ	ryo
ギャ	gya	ギュ	gyu	ギョ	gyo
ジャ	ja	ジュ	ju	ジョ	jo
ビャ	bya	ビュ	byu	ビョ	byo
ピャ	pya	ピュ	pyu	ピョ	pyo

▶ ピアノを 弾きながら 歌を 歌います。

会話 💿 **T01**

―― 雑誌を 見ながら ――

里奈　この 歌手を 知って いますか。

陳　　いいえ、知りません。でも、かっこいいですね。

里奈　陳さんも そう 思いますか。彼は ピアノを
　　　弾きながら 歌を 歌います。とても 人気が
　　　あります。

陳　　そうですか。

里奈　私は いつも 彼の 歌を 聞きながら 勉強して
　　　います。

陳　　私も 聞いて みたいです。今度、CDを 貸して
　　　ください。

里奈　いいですよ。

単語
たん ご

1	ピアノ	[piano]	鋼琴
2	ひきます	（弾きます）	彈奏
3	かしゅ	（歌手）	歌手
4	かっこいい		帥氣
5	そう		那樣
6	おもいます	（思います）	想、認為
7	かれ	（彼）	他
8	にんき	（人気）	受歡迎的程度
9	いつも		總是
10	こんど	（今度）	下次
11	CD		CD

文型と例文
ぶんけい　れいぶん

12	おとこのこ	（男の子）	男孩
13	なきます	（泣きます）	哭泣
14	あるきます	（歩きます）	步行
15	きっと		一定

16	まいご	（迷子）	迷路的小孩
17	かのじょ	（彼女）	她
18	アルバイト	[德Arbeit]	打工
19	どりょくか	（努力家）	勤奮的人
20	おなか	（お腹）	肚子
21	いっぱい		滿滿的

練習問題
れんしゅうもんだい

22	おぼえます	（覚えます）	記住
23	はなし	（話）	話
24	メモします	[memo]	做筆記
25	けんきゅうします	（研究します）	研究
26	こども	（子供）	小孩
27	そだてます	（育てます）	養育
28	きもの	（着物）	和服
29	しゃちょう	（社長）	總經理
30	たのみます	（頼みます）	拜託、委託
31	ギター	[guitar]	吉他

文型と例文
ぶん けい れい ぶん

1 雑誌を　見ながら　話します。
　　ざっし　　み　　　　　はな

2 ちょっと　見て　みます。
　　　　　　　み

Point

☑ 　動詞　ます形　＋　ながら

☑ 　動詞　て形　＋　みます

💿 *T04*

1 A この　料理、おいしいですね。
　　　　りょう り

　B 料理の　本を　見ながら　作りました。
　　　りょう り　　ほん　　み　　　　　　つく

2 A あの　男の子、泣きながら　歩いて
　　　　　おとこ　こ　　な　　　　　　ある

　　　いますよ。

　B きっと　迷子ですね。
　　　　　　まいご

3 A 彼女は　アルバイトを　しながら
　　　かのじょ

　　　勉強して　います。
　　　べんきょう

　B 努力家ですね。
　　　どりょく か

4 A もう　お腹が　いっぱいです。
　　　　　　なか

　B でも、おいしいですよ。

　　　ちょっと　食べて　みて　ください。
　　　　　　　た

練習問題
れん しゅう もん だい

1

例 歩きます ／ 考えます
  ある   かんが

→ 歩きながら 考えます。
  ある   かんが

1 コーヒーを 飲みます ／ 新聞を 読みます →
           の   しんぶん よ

2 紙に 書きます ／ 覚えます →
   かみ か   おぼ

3 写真を 見せます ／ 説明しました →
   しゃしん み   せつめい

4 話を 聞きます ／ メモして ください →
   はなし き

5 テレビを 見ます ／ ご飯を 食べては いけません →
         み   はん た

2

例 アルバイトを　します ／ 学校で　勉強します

がっこう　　べんきょう

→ アルバイトを　しながら　学校で　勉強して

がっこう　　　べんきょう

います。

1 大学で　教えます ／ 研究します　→

だいがく　おし　　　けんきゅう

2 会社で　働きます ／ 小説を　書きます　→

かいしゃ　はたら　　しょうせつ　か

3 子供を　育てます ／ 働きます　→

こ ども　そだ　　　はたら

4 大学で　勉強します ／ 会社を　経営します　→

だいがく　べんきょう　　かいしゃ　けいえい

練習問題
れん　しゅう　もん　だい

3

例 着物 ／ 着ます
　　きもの　　き

　→ 着物を　着て　みます。
　　きもの　　き

1 新しい　靴 ／ 履きます　→
　　あたら　　くつ　　は

2 先生 ／ 相談します　→
　　せんせい　そうだん

3 日本語の　本 ／ 読みます　→
　　にほんご　ほん　よ

4 新しい　デパート ／ 行きます　→
　　あたら　　　　　　い

5 社長 ／ 頼みます　→
　　しゃちょう　たの

4 *CD を 聞いて 答えましょう。* 🔵 **T05**
きこた

例 この 歌手は ギターを 弾きながら 歌います。
かしゅ ひ うた

(×)

1 本を 見ながら 料理を 作りました。 （　　）
ほん み りょうり つく

2 この 人は いつも 音楽を 聞きながら 勉強して
ひと おんがく き べんきょう

います。 （　　）

3 林さんは 学生です。 （　　）
りん がくせい

4 この 人は 靴を 履いて みます。 （　　）
ひと くつ は

memo

日本語が　上手に　なりました。
に ほん ご　　　　じょうず

田中　陳さん、日本語が　上手に　なりましたね。
たなか　ちん　　　　にほんご　　じょうず

陳　そうですか。まだまだです。
ちん

田中　いいえ、とても　上手ですよ。何年ぐらい
たなか　　　　　　　　じょうず　　　なんねん

　　　日本語を　勉強して　いますか。
　　　にほんご　べんきょう

陳　２年ぐらいです。私は、将来、通訳に　なりたい
ちん　ねん　　　　　わたし　しょうらい　つうやく

　　です。ですから、一生懸命　勉強して　います。
　　　　　　　　　　いっしょうけんめい　べんきょう

田中　偉いですね。
たなか　えら

陳　でも、日本語の　勉強は　どんどん　難しく
ちん　　にほんご　べんきょう　　　　　むずか

　　なります。特に　文法が　難しいです。
　　　　　　とく　ぶんぽう　むずか

田中　大丈夫ですよ。頑張って　ください。
たなか　だいじょうぶ　がんば

単語
たん　ご

会話
かい　わ　　　🔘 *T07*

1	なります		變成
2	まだまだ		還不夠
3	しょうらい	（将来）	將來
4	つうやく	（通訳）	口譯
5	いっしょうけんめい	（一生懸命）	拼命地
6	えらい	（偉い）	了不起的
7	どんどん		很快地、不斷地
8	とくに	（特に）	特別
9	ぶんぽう	（文法）	文法
10	だいじょうぶ	（大丈夫）	沒問題、不要緊
11	がんばります	（頑張ります）	加油

文型と例文
ぶんけい　　れいぶん

12	ふゆ	（冬）	冬天
13	このごろ	（この頃）	這陣子
14	なつ	（夏）	夏天
15	まち	（町）	城鎮

16	すっかり		完全
17	かわります	（変わります）	改變
18	せんげつ	（先月）	上個月
19	しょうがくせい	（小学生）	小學生
20	いしゃ	（医者）	醫生

練習問題
れんしゅうもんだい

21	ふるい	（古い）	老舊的、古老的
22	かみ	（髪）	頭髮
23	かねもち	（金持ち）	有錢人、富翁
24	ねむい	（眠い）	想睡的
25	すずしい	（涼しい）	涼爽的
26	はる	（春）	春天
27	けいさつかん	（警察官）	警察
28	こうむいん	（公務員）	公務員
29	アナウンサー	[announcer]	主播、播音員
30	はいゆう	（俳優）	演員
31	びようし	（美容師）	美髮師、美容師

文型と例文
ぶん けい れい ぶん

文型 T08
ぶん けい

❶ 日本語の　勉強は　難しく　なります。
　　　に ほん ご　　べんきょう　　むずか

❷ 日本語が　上手に　なります。
　　　に ほん ご　　じょうず

❸ もうすぐ　冬に　なります。
　　　　　　　ふゆ

Point

い形容詞 いく	
☑ な形容詞 なに	なります
名詞 に	

 **T09**

1 A この頃、暑く なりましたね。

 B ええ、もう 夏ですね。

2 A この 町は すっかり

 変わりましたね。

 B ええ、にぎやかに なりました。

3 A 弟は 先月 6歳に なりました。

 B 4月からは 小学生ですね。

4 A 将来、何に なりたいですか。

 B 医者に なりたいです。

練習問題
（れん　しゅう　もん　だい）

1

例1　この　かばんは　古ふるいです。

→ この　かばんは　古ふるく

なりました。

例2　私わたしは　病気びょうきです。

→ 私わたしは　病気びょうきに　なりました。

1　陳ちんさんは　きれいです。　→

2　鈴木すずきさんは　髪かみが　長ながいです。　→

3　林りんさんは　金持かねもちです。　→

4　私わたしは　眠ねむいです。　→

5　里奈りなさんは　料理りょうりが　好すきです。　→

2 例 秋／涼しい
_{あき} _{すず}

→ A　もう　秋ですね。
_{あき}

　　B　ええ、すっかり　涼しく
_{すず}

　　なりました。

1　春／暖かい　→
_{はる} _{あたた}

2　10歳／大きい　→
_{じゅっさい} _{おお}

3　12月／寒い　→
_{がつ} _{さむ}

4　7時／暗い　→
_じ _{くら}

練習問題
れん しゅう もん だい

3

例 教師
きょう し

→ **A** 将来、何に　なりたいですか。
しょうらい　なに

B 教師に　なりたいです。
きょう し

1 警察官　→
けいさつかん

2 公務員　→
こう む いん

3 アナウンサー　→

4 俳優　→
はいゆう

5 美容師　→
び よう し

4 *CD を 聞いて 答えましょう。* 🔘 **T10**
き　　こた

例 里奈さんは　どうして　一生懸命　勉強して　いますか。
り な　　　　　　　　　　　いっしょうけんめい　べんきょう

　→ 医者に　なりたいですから。
　　 い しゃ

1 この頃、暑いですか。
　　 ごろ　あつ

　→ _____。

2 弟 さんは、今、何歳ですか。
　　おとうと　　　　いま　なんさい

　→ _____。

3 陳さんは　何年ぐらい　日本に　住んで　いますか。
　　ちん　　　　なんねん　　　に ほん　　す

　→ _____。

4 日本語は　何が　難しいですか。
　　に ほん ご　なに　むずか

　→ _____。

富士山に 登った ことが あります。
（ふじさん）（のぼ）

会話 （かいわ） 🔵 T11

陳 　里奈さんは　富士山に　登った　ことが　ありますか。
（ちん）（りな）　　（ふじさん）　（のぼ）

里奈　ええ、去年　登りました。外国人も　たくさん
（りな）　　（きょねん）（のぼ）　　（がいこくじん）

　　　いましたよ。

陳 　富士山は　外国でも　有名ですからね。雪が
（ちん）（ふじさん）（がいこく）　（ゆうめい）　　　　　（ゆき）

　　　ありましたか。

里奈　ええ、少し。
（りな）　　（すこ）

陳 　妹 は　雪を　見た　ことが　ありません。
（ちん）（いもうと）（ゆき）（み）

　　　妹と　冬の　富士山に　登りたいです。
（いもうと）（ふゆ）（ふじさん）（のぼ）

里奈　冬の　富士山は　危ないですよ。みんな、7月か
（りな）（ふゆ）（ふじさん）（あぶ）　　　　　　　　（がつ）

　　　8月に　登ります。
（がつ）（のぼ）

陳 　夏だけですか。知りませんでした。
（ちん）（なつ）　　　（し）

単語
たんご

会話 かいわ 🔘 T12

1	のぼります	（登ります）	爬、攀登
2	がいこくじん	（外国人）	外國人
3	ゆき	（雪）	雪
4	あぶない	（危ない）	危險的
5	～か～		～或～

文型と例文 ぶんけい れいぶん

6	のります	（乗ります）	搭乘、乘坐
7	てんぷら	（天ぷら）	天婦羅〔油炸食物〕
8	いちども	（一度も）	一次也
9	なら	（奈良）	奈良
10	にっこう	（日光）	日光

練習問題
れんしゅうもんだい

11	なっとう	（納豆）	納豆
12	タイ	[Thai]	泰國
13	うま	（馬）	馬
14	げいのうじん	（芸能人）	藝人
15	ラブレター	[love letter]	情書
16	すし	（寿司）	壽司
17	やきにく	（焼き肉）	烤肉
18	よこはま	（横浜）	橫濱
19	こうべ	（神戸）	神戶
20	べんごし	（弁護士）	律師
21	パイロット	[pilot]	飛行員、機師
22	あね	（姉）	姊姊
23	だいすき	（大好き）	非常喜歡的

文型と例文
ぶん けい れい ぶん

文型 ぶん けい 　 **T13**

① 私は 　新幹線に 　乗った 　ことが 　あります。
わたし 　　しんかんせん 　　の

② ７月か 　８月に 　富士山に 　登ります。
　がつ 　　　がつ 　　ふ　じ　さん 　　のぼ

☑ 　動詞 た形 　＋ 　ことが 　あります

☑ 　名詞 か 名詞

例文 れい ぶん 　  **T14**

1 A 天ぷらを 　食べた 　ことが
　　てん 　　　た

　　ありますか。

　B いいえ、一度も 　ありません。
　　　　　いちど

2 A 今年の 　夏は 　どこかへ 　行きますか。
　　ことし 　なつ 　　　　　　い

　B ええ、奈良か 　日光へ 　行きたいです。
　　　　　なら 　　にっこう 　　い

◆動詞 た形の作り方
どうし けい つく かた

	ます形 けい	た形 けい
グループ１	会います あ	会った あ
	待ちます ま	待った ま
	帰ります かえ	帰った かえ
	死にます し	死んだ し
	遊びます あそ	遊んだ あそ
	飲みます の	飲んだ の
	書きます か	書いた か
	泳ぎます およ	泳いだ およ
	話します はな	話した はな
	※行きます い	行った い
グループ２	見ます み	見た み
	寝ます ね	寝た ね
	食べます た	食べた た
	起きます お	起きた お
	借ります か	借りた か
グループ３	来ます き	来た き
	します	した

練習問題
れん　しゅう　もん　だい

1 表を完成させてください。
ひょう　かんせい

例	書きます か	書いた か	11	入ります はい	
1	もらいます		12	浴びます あ	
2	行きます い		13	起きます お	
3	寝ます ね		14	死にます し	
4	使います つか		15	あげます	
5	います		16	します	
6	休みます やす		17	観光します かんこう	
7	乗ります の		18	働きます はたら	
8	くれます		19	見ます み	
9	来ます き		20	選びます えら	
10	話します はな		21	読みます よ	

2 例1 温泉 ／ 入ります ［○］
おんせん　　はい

→ A 温泉に　入った　ことが
　　　おんせん　　はい

ありますか。

B　はい、あります。

例2 納豆 ／ 食べます ［×］
なっとう　　た

→ A 納豆を　食べた　ことが
　　　なっとう　た

ありますか。

B　いいえ、ありません。

1 タイ ／ 行きます ［○］ →
　　　　　い

2 馬 ／ 乗ります ［×］ →
うま　　の

3 芸能人 ／ 見ます ［○］ →
げいのうじん　み

4 ラブレター ／ もらいます ［×］ →

練習問題
れん しゅう もん だい

3

例 何／飲みます／コーヒー／紅茶
なに の こうちゃ

→ A 何を　飲みたいですか。
なに の

B コーヒーか　紅茶を
こうちゃ

飲みたいです。
の

1 何／食べます／寿司／焼き肉
なに た すし や にく

→

2 どこ／行きます／横浜／神戸
い よこはま こう べ

→

3 何／します／サッカー／バスケット
なに

→

4 何／なります／弁護士／パイロット
なに べん ご し

→

5 誰／会います／兄／姉
だれ あ あに あね

→

4 *CD を 聞いて 答えましょう。* 💿 *T15*

例 陳さんは 日本料理を 食べた ことが あります。
（ 〇 ）

1 陳さんは 新幹線に 乗った ことが あります。
（ ）

2 陳さんは アメリカへ 行った ことが ありません。
（ ）

3 田中さんは ラブレターを 書いた ことが あります。
（ ）

4 この 人は 夏休みに 高雄へ 行きたいです。
（ ）

▶ **食べたり、踊ったり　しましょう。**
　　た　　　　　おど

会話 🎙 **T16**
かいわ

田中　陳さん、最近、元気が　ありませんね。大丈夫
たなか　ちん　　さいきん　げんき　　　　　　　　　　　だいじょうぶ

　　　ですか。

陳　　ええ、ちょっと　ホームシックです。家族と
ちん　　　　　　　　　　　　　　　　　　　　かぞく

　　　話したり、台湾料理を　食べたり　したいです。
　　　はな　　　たいわんりょうり　　た

田中　そうですか…。そうだ、週末に　お祭りが
たなか　　　　　　　　　　　　しゅうまつ　　まつ

　　　あります。一緒に　行きませんか。
　　　　　　　　いっしょ　　い

陳　　お祭りですか。いいですね。
ちん　　まつ

田中　屋台で　食べたり、踊ったり　しましょう。
たなか　やたい　た　　　　　おど

　　　花火大会も　あります。きっと　楽しいですよ。
　　　はなびたいかい　　　　　　　　　　たの

陳　　はい。楽しみに　して　います。
ちん　　　たの

単語
たん　ご

1	おどります	（踊ります）	跳舞
2	さいきん	（最近）	最近
3	げんき	（元気）	有精神的
4	ホームシック	[homesickness]	思鄉病、想家
5	そうだ		對了
6	しゅうまつ	（週末）	週末
7	（お）まつり	（（お）祭り）	祭典、廟會
8	やたい	（屋台）	攤販
9	はなび	（花火）	煙火
10	たいかい	（大会）	大會
11	たのしみに　します	（楽しみに　します）	期待

文型と例文
ぶんけい　れいぶん

12	はしります	（走ります）	奔跑
13	はなみ	（花見）	賞櫻、賞花
14	さくら	（桜）	櫻花
15	（お）さけ	（（お）酒）	酒
16	そうじします	（掃除します）	打掃
17	キャンプ	[camp]	露營
18	つり	（釣り）	釣魚

練習問題
れんしゅうもんだい

19	うんどうします	（運動します）	運動
20	びじゅつかん	（美術館）	美術館
21	しんじゅく	（新宿）	新宿
22	かわ	（川）	河川
23	バーベキュー	[barbecue]	烤肉

文型と例文
ぶん けい　れい ぶん

🔵 **T18**

❶ 家族と　話したり、台湾料理を　食べたり
　　か ぞく　　はな　　　　　たいわんりょう り　　　た

します。

❷ 昨日、本を　読んだり、散歩に　行ったり
　　きのう　ほん　　よ　　　　さん ぽ　　　い

しました。

Point

☑ 　動詞　た形　＋　り、　動詞　た形　＋　り

1 A よく この 公園へ 来ますか。
　　　　　　　こうえん　　き

B はい。ここで バスケットを

　した り、走った り します。
　　　　　　はし

2 A あの 人たちは 何を して
　　　　　　ひと　　　　なに

　いますか。

B 「花見」 です。桜を 見ながら、
　　はなみ　　　　　さくら　　み

歌った り、お酒を 飲んだ り します。
うた　　　　さけ　　　の

3 A 日曜日は いつも 何を して
　　　にちようび　　　　　なに

　いますか。

B 洗濯を した り、掃除を した り
　せんたく　　　　　　そうじ

　して います。

4 A キャンプで 何を したいですか。
　　　　　　　なに

B 子供と 遊んだ り、釣りを した り
　こども　　あそ　　　　っ

したいです。

練習問題
れん しゅう もん だい

1

例 食べます ／ 飲みます
た　　　　　の

→ 食べたり、飲んだり　します。
た　　　　　の

1 テレビを　見ます ／ ピアノを　弾きます　→
　　　　　　　　み　　　　　　　　　　　　ひ

2 散歩を　します ／ テニスを　します　→
　　さん ぽ

3 音楽を　聞きます ／ Eメールを　書きます　→
　　おんがく　　き　　　　　　　　　　　　　か

4 買い物を　しました ／ 友だちと　会いました　→
　　か　もの　　　　　　　　とも　　　　あ

5 日本語を　読みました ／ 話しました　→
　　に ほん ご　　よ　　　　　　　はな

2

例 勉強します ／ 運動します
　べんきょう　　　　　うんどう

→ A　夏休みに　何を　したい
　　　なつやす　なに

ですか 。

B　勉強したり、運動したり　したいです。
　べんきょう　　　うんどう

1　友だちと　遊びます ／ アルバイトを　します　→
　とも　　　あそ

2　海で　泳ぎます ／ 山に　登ります　→
　うみ　　およ　　　やま　　のぼ

3　料理を　習います ／ 絵を　描きます　→
　りょうり　なら　　　え　　か

4　映画を　見ます ／ 美術館へ　行きます　→
　えいが　　み　　　びじゅつかん　い

練習問題
れん　しゅう　もん　だい

3

例 図書館 ／ 勉強します ／ 本を
と しょかん　　べんきょう　　　　　ほん

借ります
か

→ 図書館で　勉強したり、本を
と しょかん　　べんきょう　　　　ほん

借りたり　します。
か

1 郵便局 ／ 切手を　買います ／ 荷物を　送ります
ゆうびんきょく　きって　　か　　　　に もつ　　おく

→

2 パーティー ／ 友だちと　話します ／ お酒を　飲みます
とも　　はな　　　　　さけ　　の

→

3 新宿 ／ ご飯を　食べます ／ 買い物を　します
しんじゅく　　はん　　た　　　　　か　もの

→

4 川 ／ 釣りを　します ／ バーベキューを　します
かわ　　っ

→

4 CDを聞いて答えましょう。 🔵 **T20**
きこた

例 里奈さんは、昨日　海で　泳ぎました。　　　（　× 　）
りな　　　　きのう　うみ　　およ

1 陳さんは　病気で　元気が　ありません。　　（　　　）
ちん　　　びょうき　げんき

2 花見で　写真を　撮りました。　　　　　　　（　　　）
はなみ　しゃしん　　と

3 友だちに　会ったり、歌を　歌ったり　します。（　　　）
とも　　　あ　　　うた　　うた

4 この　人は　公園で　散歩したり、本を　読んだり
ひと　　こうえん　さんぽ　　　ほん　　よ

します。　　　　　　　　　　　　　　　　　（　　　）

---

memo

▶ 雨が 降る 前に 帰ります。

会話　💿 T21

田中　お腹が すきました。映画館へ 行く 前に 何か

食べませんか。

陳　まだ 4時ですよ。映画を 見た 後で 食事を

しましょう。

田中　そうですね。じゃあ、水を 飲んで 我慢します。

―― 映画の 後で ――

田中　さあ、ご飯を 食べに 行きましょう。

陳　空が 暗いですよ。雨が 降る 前に 帰りましょう。

田中　えっ、ご飯は……？

単語
たんご

1	あめ	(雨)	雨
2	ふります	(降ります)	下〔雨、雪等〕
3	～まえ	(～前)	～之前
4	すきます		餓
5	みず	(水)	水
6	がまんします	(我慢します)	忍耐
7	さあ		來吧！
8	そら	(空)	天空

文型と例文
ぶんけい　れいぶん

9	よしゅう	(予習)	預習
10	ふくしゅう	(復習)	複習
11	かいがい	(海外)	海外、國外
12	パスポート	[passport]	護照
13	むしば	(虫歯)	蛀牙
14	わすれもの	(忘れ物)	忘記帶的東西、遺失的東西
15	おります	(降ります)	下〔車、樓梯等〕
16	きづきます	(気づきます)	發現

練習問題
れんしゅうもんだい

17	かいぎ	（会議）	會議
18	しりょう	（資料）	資料
19	じゅんびします	（準備します）	準備
20	て	（手）	手
21	ガイドブック	[guidebook]	導覽手冊、指南
22	かぎ	（鍵）	鑰匙
23	たしかめます	（確かめます）	確認
24	せいりします	（整理します）	整理
25	しつもんします	（質問します）	詢問、發問
26	おわります	（終わります）	結束

文型と例文
ぶん けい　　れい ぶん

文型　ぶん けい　 🔘 T23

① 映画を　見る　前に　食事を　します。
えい が　　み　　まえ　しょく じ

② 映画を　見た　後で　食事を　します。
えい が　　み　　あと　しょく じ

Point

☑ 動詞 辞書形
　　名詞 の　　　｝ ＋　前に
　　　　　　　　　　　　　まえ

☑ 動詞 た形
　　名詞 の　　　｝ ＋　後で
　　　　　　　　　　　　　あと

例文 T24

1 A 授業の　前に　予習を　しますか。
　B いいえ。でも、授業の　後で
　　 復習を　します。

2 A 海外旅行に　行く　前に　何を
　　 しますか。
　B パスポートを　作ります。

3 A 虫歯が　たくさん　あります。
　B 寝る　前に、ちゃんと　歯を
　　 磨いて　いますか。

4 A 忘れ物ですか。
　B はい、バスを　降りた　後で
　　 気づきました。

練習問題
れん しゅう もん だい

1

例1 会議 ／ 資料を 準備します
かい ぎ　　　し りょう　　 じゅん び

→ 会議の 前に 資料を
かい ぎ　 まえ　　　 し りょう

準備します。
じゅん び

例2 寝ます ／ 本を 読みます
ね　　　　 ほん　　 よ

→ 寝る 前に 本を 読みます。
ね　　 まえ　 ほん　 よ

1 食事 ／ 手を 洗います
しょく じ　　 て　　 あら

→

2 旅行 ／ ガイドブックを 買います
りょこう　　　　　　　　　　 か

→

3 出かけます ／ 財布と 鍵を 確かめます
で　　　　　 さい ふ　 かぎ　 たし

→

4 使います ／ 説明書を 読みます
つか　　　　 せつめいしょ　 よ

→

2

例1 会議 ／ 資料を　整理します

→ 会議の　後で　資料を
整理します。

例2 仕事が　終わります ／ お酒を
飲みに　行きます

→ 仕事が　終わった　後で、
お酒を　飲みに　行きます。

1 少し　休みます ／ 仕事を　します　→

2 授業 ／ 先生に　質問します　→

3 宿題を　します ／ 遊びます　→

4 ご飯を　食べます ／ テレビを　見ます　→

練習問題
れん　しゅう　もん　だい

3

例1 食事 ／ コーヒーを　飲みます
しょく じ　　　　　　　　　　　の

→ **A** 食事の　前に　コーヒーを
しょく じ　まえ

飲みませんか。
の

B 食事の　後で　飲みましょう。
しょく じ　　あと　　　の

例2 買い物を　します ／ 映画を　見ます
か　もの　　　　　　　えい が　　　み

→ **A** 買い物を　する　前に
か　もの　　　　　まえ

映画を　見ませんか。
えい が　　み

B 買い物を　した　後で
か　もの　　　　あと

見ましょう。
み

1 朝食 ／ 散歩を　します →
ちょうしょく　さん ぽ

2 練習 ／ ご飯を　食べます →
れんしゅう　　はん　　た

3 日本へ　旅行します ／ 日本語を　勉強します →
に ほん　りょこう　　　　に ほん ご　　べんきょう

4 休みます ／ もう　少し　練習します →
やす　　　　　　　すこ　れんしゅう

4 CD を 聞いて 答えましょう。 🔘 *T25*
き こた

例 いつ 運転しては いけませんか。
うんてん

→ <u>お酒を 飲んだ 後です。</u>
さけ の あと

1 陳さんは 授業の 前に 何を して いますか。
ちん じゅぎょう まえ なに

→ _____。

2 この 人は 旅行に 行く 前に 何を 買いますか。
ひと りょこう い まえ なに か

→ _____。

3 里奈さんは いつ 本を 読みますか。
り な ほん よ

→ _____。

4 いつ 忘れ物に 気づきましたか。
わす もの き

→ _____。

復習テスト [31 ～ 35 課]

1 絵を見て [＿＿＿＿] の中に最も適当な言葉を入れましょう。

❶ コーヒーを [＿＿＿＿＿]ながら、

新聞を　読みます。

❷ もうすぐ　3時に　[＿＿＿＿＿]。

❸ 私は　富士山に　[＿＿＿＿＿]

ことが　あります。

❹ 花を　見ながら、ご飯を　食べたり、
はな　　み　　　　　　　はん　　　た

お酒を　[＿＿＿＿＿＿]　します。
さけ

❺ ちょっと　[＿＿＿＿＿]　みます。

❻ 宿題を　[＿＿＿＿＿]　後で、
しゅくだい　　　　　　　　　　あと

遊びます。
あそ

2 [＿＿＿] に何を入れますか。下の a.b.c.d.e から適当な言葉を選びましょう。

❶ A テストの 前に [＿＿＿＿＿] 勉強しましたか。

B もちろんです。

❷ A 空が 暗いですね。

B [＿＿＿＿＿] 雨が 降りますね。

❸ A 妹さん [＿＿＿＿＿] 大きく なりましたね。

B ええ、もう 小学生です。

❹ A この 天ぷら、おいしいですね。

B たくさん ありますから、[＿＿＿＿＿] 食べて ください。

❺ A 日本語が 上手に なりましたね。

B いいえ、[＿＿＿＿＿] です。

a. ちゃんと 　　b. すっかり 　　c. まだまだ

d. どんどん 　　e. きっと

3 次の文章を読んで、正しいものには○を、間違っているも
つぎ ぶんしょう よ ただ まちが
のには×を（　　　）の中に書きましょう。
なか か

　みなさんは　入院した　ことが　ありますか。私は、
　　　　　　にゅういん　　　　　　　　　　　　　　　　わたし

去年、けがで　1週間　入院しました。入院は　初めて
きょねん　　　　いっしゅうかん　にゅういん　　　　にゅういん　はじ

でしたから、少し　怖かったです。
　　　　　　すこ　こわ

　入院中は、1日　12時間ぐらい　寝て　いました。
　にゅういんちゅう　にち　　　じかん　　　　ね

それから、音楽を　聞いたり、本を　読んだり　して
　　　　　おんがく　き　　　ほん　よ

いました。やっぱり　病院は　好きじゃ　ありません。
　　　　　　　　　びょういん　す

でも、病院の　人たちは　みんな　とても　親切でした。
　　びょういん　ひと　　　　　　　　　　しんせつ

---

❶ 私は　入院した　ことが　あります。　　　　（　　　）
わたし　にゅういん

❷ 入院は　少し　怖かったです。　　　　　　　（　　　）
にゅういん　すこ　こわ

❸ 入院中は、1日中、寝て　いました。　　　　（　　　）
にゅういんちゅう　にちじゅう　ね

❹ 私は　病院が　好きに　なりました。　　　　（　　　）
わたし　びょういん　す

▶ お風呂に　入らないで　ください。
ふろ　　はい

 会話　T26
かいわ

―― 病院で ――
びょういん

医者　どうしましたか。
いしゃ

陳　ゆうべから　頭が　痛くて、咳も　出ます。
ちん　　　　　あたま　いた　　せき　　で

医者　風邪ですね。食事の　後で、薬を　飲んで　ください。
いしゃ　かぜ　　　しょくじ　あと　くすり　の

陳　はい。先生、明日、学校へ　行っても　いいですか。
ちん　　　せんせい　あした　がっこう　い

医者　いいですよ。でも、運動は　しないで　ください。
いしゃ　　　　　　　うんどう

それから、今晩は　お風呂に　入らないで　ください。
こんばん　ふろ　　はい

陳　わかりました。ありがとう　ございます。
ちん

医者　お大事に。
いしゃ　だいじ

単語
たん ご

会話　T27
かい わ

1	（お）ふろ	（（お）風呂）	泡澡
2	どうしましたか		怎麼了？
3	ゆうべ		昨晚
4	あたま	（頭）	頭
5	いたい	（痛い）	疼痛的
6	せき	（咳）	咳嗽
7	でます	（出ます）	出現（咳嗽）
8	かぜ	（風邪）	感冒
9	くすり	（薬）	藥
10	おだいじに	（お大事に）	請保重身體

文型と例文
ぶんけい　れいぶん

11	たいせつ	（大切）	重要的
12	ひみつ	（秘密）	祕密
13	ほか	（他）	其他
14	いいます	（言います）	説
15	ぜったい	（絶対）	絕對

練習問題
れんしゅうもんだい

16	バイク	[bike]	機車、摩托車
17	マンゴー	[mango]	芒果
18	こくばん	（黒板）	黑板
19	わすれます	（忘れます）	忘記
20	ちこくします	（遅刻します）	遅到
21	さわります	（触ります）	觸碰

文型と例文
ぶん けい れい ぶん

文型 ⊚ T28
ぶん けい

① 写真を　撮らないで　ください。
　　しゃしん　　と

② 運動は　しないで　ください。
　　うんどう

Point

☑　動詞　ない形

☑　〜ないで　ください

例文 ⊚ T29
れい ぶん

1 A これは　大切な　ものですから、
　　　　　　　たいせつ

　　捨てないで　ください。
　　す

B はい、わかりました。

2 A これは　秘密です。他の　人には
　　　　　　　ひみつ　　ほか　　ひと

　　言わないで　ください。
　　い

B 絶対　言いませんよ。
　　ぜったい　い

◆動詞 ない形の作り方
<small>どうし　　　けい　つく　かた</small>

	ます形 <small>けい</small>	ない形 <small>けい</small>
グループ１	会<small>あ</small>います	会<small>あ</small>わない
	書<small>か</small>きます	書<small>か</small>かない
	行<small>い</small>きます	行<small>い</small>かない
	泳<small>およ</small>ぎます	泳<small>およ</small>がない
	話<small>はな</small>します	話<small>はな</small>さない
	待<small>ま</small>ちます	待<small>ま</small>たない
	死<small>し</small>にます	死<small>し</small>なない
	遊<small>あそ</small>びます	遊<small>あそ</small>ばない
	休<small>やす</small>みます	休<small>やす</small>まない
	帰<small>かえ</small>ります	帰<small>かえ</small>らない
グループ２	見<small>み</small>ます	見<small>み</small>ない
	寝<small>ね</small>ます	寝<small>ね</small>ない
	食<small>た</small>べます	食<small>た</small>べない
	起<small>お</small>きます	起<small>お</small>きない
	借<small>か</small>ります	借<small>か</small>りない
	浴<small>あ</small>びます	浴<small>あ</small>びない
グループ３	来<small>き</small>ます	来<small>こ</small>ない
	します	しない

練習問題

1 表を完成させてください。
かんせい

例 書きます か	書かない か	11 言います い	
1 騒ぎます さわ		12 見ます み	
2 行きます い		13 します	
3 話します はな		14 忘れます わす	
4 来ます き		15 捨てます す	
5 確かめます たし		16 使います つか	
6 飲みます の		17 わかります	
7 触ります さわ		18 読みます よ	
8 練習します れんしゅう		19 死にます し	
9 知ります し		20 持ちます も	
10 起きます お		21 出ます で	

2

例 辞書 ／ 使います
<ruby>辞書<rt>じしょ</rt></ruby> <ruby>使<rt>つか</rt></ruby>います

→ 辞書を　使わないで　ください。
<ruby>辞書<rt>じしょ</rt></ruby> <ruby>使<rt>つか</rt></ruby>わないで

1 部屋 ／ 入ります　→
<ruby>部屋<rt>へや</rt></ruby> <ruby>入<rt>はい</rt></ruby>ります

2 バイク ／ 乗ります　→
<ruby>乗<rt>の</rt></ruby>ります

3 マンゴー ／ 食べます　→
<ruby>食<rt>た</rt></ruby>べます

4 車 ／ 来ます　→
<ruby>車<rt>くるま</rt></ruby> <ruby>来<rt>き</rt></ruby>ます

5 黒板 ／ 消します　→
<ruby>黒板<rt>こくばん</rt></ruby> <ruby>消<rt>け</rt></ruby>します

練習問題
れん　しゅう　もん　だい

3 例 忘れます
わす

→ **A** 忘れないで　くださいね。
わす

　B はい、絶対　忘れません。
ぜったい　わす

1 見ます　→
み

2 行きます　→
い

3 遅刻します　→
ち こく

4 触ります　→
さわ

5 捨てます　→
す

4 CD を 聞いて 答えましょう。 🔘 **T30**

例 どうして 入っては いけませんか。

→ <u>危ないですから。</u>

1 どうして 触っては いけませんか。

→＿＿＿＿＿＿＿＿＿＿＿＿＿＿＿＿＿＿＿＿＿。

2 この 人は どこが 痛いですか。

→＿＿＿＿＿＿＿＿＿＿＿＿＿＿＿＿＿＿＿＿＿。

3 田中さんは 何を 忘れましたか。

→＿＿＿＿＿＿＿＿＿＿＿＿＿＿＿＿＿＿＿＿＿。

4 今日、何を しては いけませんか。

→＿＿＿＿＿＿＿＿＿＿＿＿＿＿＿＿＿＿＿＿＿。

▶ 塾へ 行かなくては いけません。
じゅく　　　い

 **T31**

陳 ちん	田中さん、土曜日の 夜、時間が ありますか。 たなか　　　どようび　　　よる　　じかん
田中 たなか	土曜日は 用事が あります。 どようび　　　ようじ
陳 ちん	デートですか。
田中 たなか	違います。土曜日の 夜は 塾へ 行かなくては ちが　　　　どようび　　よる　　じゅく　　い いけません。
陳 ちん	それは 残念です。実は プロ野球の チケットが ざんねん　　じつ　　　　やきゅう あります。でも、田中さんは 忙しいですね。 たなか　　　いそが 里奈さんに 聞いて みます。 りな　　　き
田中 たなか	野球？大丈夫ですよ。僕は 暇です。 やきゅう　だいじょうぶ　　　ぼく　　ひま
陳 ちん	塾は？ じゅく
田中 たなか	行かなくても いいです。休みます。 い　　　　　　　　　　　　やす

単語
たん　ご

1	じゅく	（塾）	補習班
2	よる	（夜）	夜晚
3	ようじ	（用事）	要事
4	デート	[date]	約會
5	ちがいます	（違います）	不同
6	ざんねん	（残念）	可惜的
7	じつは	（実は）	事實上
8	プロ	[professional]	職業
9	チケット	[ticket]	票
10	ひま	（暇）	空閒的

文型と例文
ぶんけい　　れいぶん

11	やります		做
12	かならず	（必ず）	必定
13	ばんごう	（番号）	號碼
14	〜までに		〜之前

練習問題
れんしゅうもんだい

15	たんご	（単語）	單字
16	やくそく	（約束）	約定
17	まもります	（守ります）	遵守
18	ぬぎます	（脱ぎます）	脱
19	ぜんぶ	（全部）	全部
20	しゅっちょうします	（出張します）	出差
21	ざんぎょうします	（残業します）	加班
22	あさって		後天
23	だします	（出します）	交出
24	もうしこみます	（申し込みます）	申請

文型と例文
ぶんけい れいぶん

文型 ぶんけい 🔵 T33

① 土曜日は　塾へ　行かなくては　いけません。
どようび　　じゅく　い

② 日曜日は　塾へ　行かなくても　いいです。
にちようび　　じゅく　い

Point

☑　（動詞）ない形＋　〜なくては　いけません

☑　（動詞）ない形＋　〜なくても　いいです

 **例文** 🔘 *T34*

1 **A** 明日も　来なくては　いけませんか。
　　　あした　　こ

　　B ええ、明日も　来て　ください。
　　　　　あした　　き

2 **A** この　問題は　難しすぎます。
　　　　　もんだい　むずか

　　B 難しい　問題は　やらなくても
　　　むずか　　もんだい

　　　いいです。

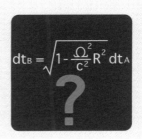

3 **A** 必ず　電話番号を　書かなくては
　　　かなら　でんわばんごう　か

　　　いけませんか。

　　B いいえ、書かなくても　いいですよ。
　　　　　　か

4 **A** いつまでに　返さなくては
　　　　　　かえ

　　　いけませんか。

　　B 来週の　金曜日までに　返して
　　　らいしゅう　きんようび　　かえ

　　　ください。

練習問題
れん しゅう もん だい

1

例 薬を　飲みます。
　 くすり　　　の

　→ 薬を　飲まなくては　いけません。
　　 くすり　　　の

1　レポートを　書きます。　→
　　　　　　　　　か

2　宿題を　やります。　→
　　しゅくだい

3　日本語で　話します。　→
　　にほんご　　はな

4　単語を　覚えます。　→
　　たんご　　おぼ

5　約束を　守ります。　→
　　やくそく　まも

2

例 靴を　脱ぎます。
　くつ　　ぬ

　→ A　靴を　脱がなくては
　　　　くつ　　ぬ

　　　　いけませんか。

　　B　いいえ、脱がなくても　いいです。
　　　　　　　ぬ

1 明日、早く　起きます。　→
　　あした　はや　お

2 明日、学校へ　行きます。　→
　　あした　がっこう　　い

3 全部、食べます。　→
　　ぜんぶ　た

4 来週、出張します。　→
　　らいしゅう　しゅっちょう

5 今日、残業します。　→
　　きょう　ざんぎょう

3

例 いつ ／ 宿題を 出します ／ あさって
　　しゅくだい　だ

　→ A いつまでに 宿題を 出さなくては
　　　　　　　　しゅくだい　　だ

　　いけませんか。

　　B あさってまでに 出して ください。
　　　　　　　　　　　だ

1 何時 ／ 来ます ／ 朝8時 →
　　なんじ　き　　あさ　じ

2 何時 ／ 寮へ 帰ります ／ 夜10時 →
　　なんじ　りょう　かえ　　　よる　じ

3 いつ ／ 申し込みます ／ 3月10日 →
　　　　もう こ　　　がつ とおか

4 何曜日 ／ 連絡します ／ 来週の 木曜日 →
　　なんよう び　れんらく　　らいしゅう　もくよう び

4 CD を聞いて答えましょう。 🔘 *T35*

例 陳さんは　今日、映画を　見に　行きません。（　○　）

1 単語を　全部　覚えなくても　いいです。　　　（　　　）

2 林さんは　土曜日は　働かなくても　いいです。

（　　　）

3 明日、学校を　休まなくては　いけません。　（　　　）

4 来週の　月曜日までに　レポートを　出します。

（　　　）

---

memo

台湾に　帰る　つもりです。
（たい わん）　（かえ）

会話　💿 T36
（かい わ）

田中　陳さんは、高校を　卒業してから、日本の　大学に
（た なか）（ちん）（こうこう）（そつぎょう）（に ほん）（だいがく）

　　　入りますか。
（はい）

陳　　いいえ、日本の　大学には　入らない　つもりです。
（ちん）（に ほん）（だいがく）（はい）

　　　台湾に　帰ります。
（たいわん）（かえ）

田中　そうですか。寂しく　なります。
（た なか）（さび）

陳　　田中さんは？
（ちん）（た なか）

田中　４月から　大学生です。大学で　中国語を　専攻
（た なか）（がつ）（だいがくせい）（だいがく）（ちゅうごく ご）（せん こう）

　　　する　つもりです。

陳　　本当ですか。ぜひ　台湾に　遊びに　来て　くだ
（ちん）（ほんとう）（たいわん）（あそ）（き）

　　　さい。私が　案内します。
（わたし）（あんない）

田中　必ず　行きます。
（た なか）（かなら）（い）

単語
たん　ご

1	つもり		打算
2	そつぎょうします	（卒業します）	畢業
3	せんこう	（専攻）	主修
4	ほんとう	（本当）	真的
5	ぜひ		務必
6	あんないします	（案内します）	嚮導、介紹

文型と例文
ぶんけい　れいぶん

7	パソコン	[personal computer]	個人電腦
8	かるい	（軽い）	輕的
9	てんき	（天気）	天氣
10	わるい	（悪い）	不好的、壊的
11	にゅうがく	（入学）	入學
12	うけます	（受けます）	應試
13	かれん	（花蓮）	花蓮

練習問題
れんしゅうもんだい

14	けいざい	（経済）	經濟
15	れきし	（歴史）	歴史
16	すうがく	（数学）	數學
17	やめます	（辞めます）	辭去
18	ひっこします	（引っ越します）	搬家
19	にげます	（逃げます）	逃跑
20	おこさん	（お子さん）	貴公子、令千金
21	しかります	（叱ります）	責備
22	あやまります	（謝ります）	道歉
23	おめでとう　ございます		恭喜

文型と例文
ぶん けい　　　れい ぶん

文型
ぶん けい　　🔵 *T38*

① 私は　台湾に　帰る　つもりです。
　　わたし　　たいわん　　かえ

② 日本の　大学に　入らない　つもりです。
　　に ほん　　だいがく　　はい

Point

☑ 　動詞 辞書形
　　　動詞 ない形 ┃ ＋　つもりです

94

例文
 T39

1 A どんな　パソコンを　買いますか。

B 小さくて　軽い　パソコンを　買う
つもりです。

2 A 今日は　天気が　悪いですね。

B ええ。ですから、ずっと　家に
いる　つもりです。

3 A 大学の　入学試験を　受けますか。

B いいえ、受けない　つもりです。

4 A 明日から　旅行に　行きます。

B どこに　行きますか。

A 花蓮に　行きます。

花蓮

練習問題
れんしゅうもんだい

1

例 大学で　経済を　勉強します。
　　だいがく　けいざい　べんきょう

→　大学で　経済を　勉強する
　　だいがく　けいざい　べんきょう

つもりです。

1 大学で　歴史を　専攻します。　→
　　　だいがく　れきし　せんこう

2 塾で　数学を　教えます。　→
　　　じゅく　すうがく　おし

3 将来、看護師に　なります。　→
　　　しょうらい　かんごし

4 来月、仕事を　辞めます。　→
　　　らいげつ　しごと　や

5 来年、結婚します。　→
　　　らいねん　けっこん

96

2 例 行きます。
い

→ 行かない　つもりです。
い

1 言います。　→
い

2 引っ越します。　→
ひ　　こ

3 帰ります。　→
かえ

4 逃げます。　→
に

練習問題
れん　しゅう　もん　だい

3

例1 来年、日本に　行きます。[○]
らいねん　　にほん　　　い

→ **A** 来年、日本に　行きますか。
らいねん　　にほん　　　い

B はい、行く　つもりです。
い

例2 新しい　パソコンを　買います。[×]
あたら　　　　　　　　　か

→ **A** 新しい　パソコンを　買いますか。
あたら　　　　　　　　　か

B いいえ、買わない　つもりです。
か

1 今晩、パーティーに　行きます。[○] →
こんばん　　　　　　　　い

2 お子さんを　叱ります。[×] →
こ　　　　しか

3 林さんに　謝ります。[○] →
りん　　　　あやま

4 鈴木さんに　話します。[×] →
すずき　　　　はな

5 大学を　受けます。[×] →
だいがく　　う

4 CDを聞いて答えましょう。 🔵 **T40**

例 この 人は いつ 結婚する つもりですか。

→ <u>来月です。</u>

1 田中さんは 大学で 何を 勉強しますか。

→ ＿＿＿＿＿＿＿＿＿＿＿＿＿＿＿＿＿＿＿＿＿＿＿＿＿＿＿ 。

2 陳さんは 水泳が できますか。

→ ＿＿＿＿＿＿＿＿＿＿＿＿＿＿＿＿＿＿＿＿＿＿＿＿＿＿＿ 。

3 田中さんは、もう レポートを 書きましたか。

→ ＿＿＿＿＿＿＿＿＿＿＿＿＿＿＿＿＿＿＿＿＿＿＿＿＿＿＿ 。

4 陳さんは いつ 台湾に 帰りますか。

→ ＿＿＿＿＿＿＿＿＿＿＿＿＿＿＿＿＿＿＿＿＿＿＿＿＿＿＿ 。

▶ 冷蔵庫に　プリンが　あるよ。
れいぞうこ

会話
かいわ　　 *T41*

里奈　ただいま。
りな

妹　　お帰り。冷蔵庫に　プリンが　あるよ。食べる？
いもうと　かえ　　れいぞうこ　　　　　　　　　　　　　　た

里奈　うん、食べる。
りな　　　　た

妹　　ねえ、この　問題、ちょっと　教えて。
いもうと　　　　　もんだい　　　　　　　おし

里奈　いいよ。宿題？
りな　　　　しゅくだい

妹　　うん。ここが　できない。
いもうと

里奈　これ、簡単だよ。‥‥ほら、わかった？
りな　　　かんたん

妹　　ううん、よく　わからない。
いもうと

里奈　じゃあ、もう　一度　やるよ。
りな　　　　　　いちど

妹　　うん。
いもうと

単語
たん ご

🔘 **T42**

1	れいぞうこ	（冷蔵庫）	冰箱
2	プリン	[pudding]	布丁
3	ただいま		我回來了
4	おかえり（なさい）	（お帰り（なさい））	你回來了
5	うん		嗯
6	ねえ		喂〔表示呼喚的用語〕
7	ううん		不
8	よく		清楚地、明確地〔表示程度〕
9	もう　いちど	（もう　一度）	再一次

10	ハンバーガー	[hamburger]	漢堡
11	アニメ	[animation]	動畫
12	つまらない		無聊的、枯燥的

練習問題
れんしゅうもんだい

| 13 | ビデオ | [video] | 錄影帶 |
| 14 | まんが | （漫画） | 漫畫 |

文型と例文
ぶん けい れい ぶん

文型 ぶん けい 🔘 T43

① ハンバーガーを　食べる。
　　　　　　　　　　　　た

② 陳さんは　親切な　人だ。
　　ちん　　　しんせつ　　ひと

Point

☑ 普通形

例文 れい ぶん 🔘 T44

1 A そこに　私の　本（が）　ある？
　　　　　　わたし　ほん

　　B うん、あるよ。

2 A その　アニメ（は）、おもしろい？

　　B ううん、つまらない。

3 A 今、暇？
　　　　いま　ひま

　　B ううん、暇じゃない。
　　　　　　　ひま

	丁寧形 ていねいけい	普通形 ふつうけい
動詞 どうし	書きます か	書く か
	書きません か	書かない か
	書きました か	書いた か
	書きませんでした か	書かなかった か
	あります	ある
	ありません	ない
	ありました	あった
	ありませんでした	なかった
い形容詞 けいようし	暑いです あつ	暑い あつ
	暑くないです あつ	暑くない あつ
	暑かったです あつ	暑かった あつ
	暑くなかったです あつ	暑くなかった あつ
	いいです	いい
	よくないです	よくない
	よかったです	よかった
	よくなかったです	よくなかった
な形容詞 けいようし	親切です しんせつ	親切だ しんせつ
	親切じゃありません しんせつ	親切じゃない しんせつ
	親切でした しんせつ	親切だった しんせつ
	親切じゃありませんでした しんせつ	親切じゃなかった しんせつ
名詞 めいし	雨です あめ	雨だ あめ
	雨じゃありません あめ	雨じゃない あめ
	雨でした あめ	雨だった あめ
	雨じゃありませんでした あめ	雨じゃなかった あめ

練習問題
れん しゅう もん だい

1 表を完成させてください。
ひょう かんせい

		肯定形 こうていけい		否定形 ひ ていけい	
		現在 げんざい	過去 か こ	現在 げんざい	過去 か こ
例	書きます か	書く か	書いた か	書かない か	書かなかった か
1	言います い			言わない い	言わなかった い
2	話します はな	話す はな			話さなかった はな
3	飲みます の	飲む の	飲んだ の		
4	見ます み		見た み	見ない み	
5	します	する			しなかった
6	来ます き	来る く	来た き		
7	高いです たか	高い たか			高くなかった たか
8	いいです			よくない	よくなかった
9	有名です ゆうめい	有名だ ゆうめい	有名だった ゆうめい		
10	学生です がくせい			学生じゃない がくせい	学生じゃなかった がくせい

2　例1　デパート ／ 行きます ［○］

　　→ A　デパートへ　行く？

　　　 B　うん、行く。

例2　タクシー ／ 乗ります ［×］

　　→ A　タクシーに　乗る？

　　　 B　ううん、乗らない。

1　ジュース ／ 飲みます ［○］→

2　ビデオ ／ 見ます ［×］→

3　その　パン ／ おいしいです ［○］→

4　明日 ／ 暇です ［○］→

5　弟さん ／ 小学生です ［×］→

練習問題
れん しゅう もん だい

3

例1 本屋 ／ 行きます ［○］
ほん や 　　 い

　　→ A　本屋へ　行った？
　　　　 ほん や 　　 い

　　　 B　うん、行った。
　　　　　　　　 い

日本書店

例2 富士山 ／ 登ります ［×］
ふ じ さん 　　 のぼ

　　→ A　富士山に　登った？
　　　　 ふ じ さん 　　 のぼ

　　　 B　ううん、登らなかった。
　　　　　　　　　　 のぼ

1 温泉 ／ 入ります ［×］ →
　 おんせん 　 はい

2 宿題 ／ やります ［○］ →
　 しゅくだい

3 旅行 ／ いいです ［○］ →
　 りょこう

4 田中さん ／ 元気です ［×］ →
　 た なか 　　　 げん き

5 陳さん ／ いい　人です ［○］ →
　 ちん 　　　　　 ひと

4 CD を聞いて答えましょう。 🔘 *T45*
   き こた

例 今日、日本語の　授業は　ありません。　　（　○　）
   きょう　にほんご　じゅぎょう

1 陳さんは　今日　8時に　起きました。　　（　　）
   ちん　　きょう　じ　お

2 冬休み、日本へ　行きます。　　（　　）
   ふゆやす　にほん　い

3 この　漫画は　おもしろいです。　　（　　）
   まんが

4 この　問題は　簡単です。　　（　　）
   もんだい　かんたん

---

memo

▶ 台湾へ 帰る。
たい わん かえ

会 話 💿 **T46**
かい わ

―― 陳さんの 日記 ――
ちん にっき

　私は　2年前に　日本へ　来た。日本で　たくさん
わたし ねんまえ に ほん き に ほん

友だちが　できた。そして、いろいろな　所へ　行った。
とも ところ い

みんな　とても　いい　経験だ。
けいけん

　私は　もうすぐ　台湾へ　帰る。昨日、里奈さんが
わたし たいわん かえ きのう り な

言った。「陳さん、日本語が　ぺらぺらに　なったね。」
い ちん に ほん ご

でも、実は　まだまだだ。台湾の　大学に　入って、
じつ たいわん だい がく はい

もっと　言葉の　勉強を　する　つもりだ。将来は
こと ば べんきょう しょうらい

通訳に　なって、日本と　台湾で　働きたい。
つうやく に ほん たいわん はたら

単語
たん ご

1	にっき	（日記）	日記
2	できます		交到（朋友）
3	そして		然後、而且
4	けいけん	（経験）	經驗
5	ぺらぺら		流利
6	もっと		更
7	ことば	（言葉）	語言

文型と例文
ぶんけい れいぶん

8	はさみ		剪刀
9	オーストラリア	[Australia]	澳洲
10	ヨーロッパ	[葡Europa]	歐洲
11	ごめん（なさい）		抱歉

練習問題
れんしゅうもんだい

12	すもう	（相撲）	相撲
13	りゅうがくします	（留学します）	留學
14	ニュース	[news]	新聞
15	ラジオ	[radio]	收音機
16	やしょく	（夜食）	宵夜

文型と例文
ぶん けい れい ぶん

① 私は　通訳に　なりたい。
わたし　　つうやく

② 将来、日本で　働く　つもりだ。
しょうらい　に ほん　　はたら

Point

☑ 普通形〈いろいろな文型〉

例 文
れい ぶん　　💿 T49

1 A この　はさみ（を）　ちょっと　貸して。
か
　　B うん、いいよ。

2 A 外国へ　行った　ことが　ある？
がいこく　　い
　　B うん、オーストラリアへ　行った　ことが　ある。
い

3 A 今、何（を）　して（い）る？
いま　なに
　　B テレビ（を）　見て（い）る。
み

4 A 将来、どこに　住みたい？
しょうらい　　　　す
　　B ヨーロッパに　住みたい。
す

5 A これ（を）　食べても　いい？
 B だめ。

6 A それに　触らないで。
 B あ、ごめん。

丁寧形 ていねいけい	普通形 ふつうけい
行きたいです（第19課） い　　　　　　だい　か	行きたい い
しませんか（19）	しない？
食べたことがあります（33） た	食べたことがある た
読んでいます（28） よ	読んでいる よ
待ってください（26） ま	待って ま
忘れないでください（36） わす	忘れないで わす
入ってもいいです（30） はい	入ってもいい はい
見てはいけません（30） み	見てはいけない み
書かなくてもいいです（37） か	書かなくてもいい か
来なくてはいけません（37） こ	来なくてはいけない こ
帰るつもりです（38） かえ	帰るつもりだ かえ

練習問題
れん　しゅう　もん　だい

1 表を完成させてください。
ひょう　かんせい

例 食べたいです た	食べたい た
1 泳ぐことができます およ	
2 登ったことがあります のぼ	
3 寝ています ね	
4 食べてみます た	
5 働きすぎます はたら	
6 会うつもりです あ	
7 ほしいです	
8 行きませんか い	
9 返してください かえ	
10 言わないでください い	
11 遊んでもいいです あそ	
12 してはいけません	
13 来なくてもいいです こ	
14 読まなくてはいけません よ	

2

例 本を　返して　ください。
　　ほん　　かえ

→ 本、返して。
　　ほん　かえ

1 ちょっと　待って　ください。　→
　　　　　　　　　ま

2 相撲を　見た　ことが　あります。　→
　　すもう　　み

3 外国人の　友だちが　ほしいです。　→
　　がいこくじん　とも

4 ノートを　借りても　いいですか。　→
　　　　　　　か

5 来年、留学する　つもりです。　→
　　らいねん　りゅうがく

練習問題
れん しゅう もん だい

3 例 ニュースを　見ます。
み

→ A 今、何　してる？
いま　なに

B ニュース、見てる。
み

1 本を　読みます。　→
ほん　　よ

2 ラジオを　聞きます。　→
き

3 勉強します。　→
べんきょう

4 夜食を　食べます。　→
や しょく　た

5 手紙を　書きます。　→
て がみ　　か

4 CDを聞いて答えましょう。　💿 **T50**

例 この　人は　何が　ほしいですか。

→ <u>パソコンが　ほしいです。</u>

1 里奈さんの　趣味は　何ですか。

→ _____。

2 陳さんは、今、何を　して　いますか。

→ _____。

3 この　人は、将来、何に　なりたいですか。

→ _____。

4 田中さんは　アメリカへ　行った　ことが　ありますか？

→ _____。

復習テスト [36〜40課]

1 絵を見て [＿＿＿＿] の中に最も適当な言葉を入れましょう。

❶ 暑いですから、窓を ［＿＿＿＿＿＿＿＿］

くください。

❷ 必ず 薬を ［＿＿＿＿＿＿＿＿］ いけ

ません。

❸ 靴を ［＿＿＿＿＿＿＿］ いいです。

120

❹ 新しい 車を ［＿＿＿＿＿＿＿］
　 あたら　 くるま

つもりです。

❺ 日本で たくさん 友だちが
　 に ほん　　　　　　　　 とも

［＿＿＿＿＿＿＿＿］ ました。

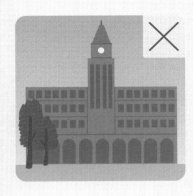

❻ 大学には ［＿＿＿＿＿＿＿］ つもり
　 だいがく

です。

2 [＿＿＿＿] に何を入れますか。下の a.b.c.d.e から適当な言葉を選びましょう。

❶ **A** 来週の　パーティー、[＿＿＿＿＿＿＿]　来て　くださいね。

　　B ええ、絶対　行きます。

❷ **A** 風邪を　引きました。

　　B どうぞ　[＿＿＿＿＿]。

❸ **A** [＿＿＿＿＿]　安い　パソコンは　ありますか。

　　B はい、ございます。

❹ **A** [＿＿＿＿＿]。

　　B お帰りなさい。

❺ **A** 私の　兄は　英語が　[＿＿＿＿＿]　です。

　　B すごいですね。

a. ぺらぺら　　b. もっと　　c. お大事に　　d. ただいま　　e. ぜひ

3 次の文章を読んで、正しいものには○を、間違っているも
つぎ ぶんしょう よ ただ まちが
のには×を（　　）の中に書きましょう。
なか か

> 　私は、将来、有名に　ならなくても　いいです。偉く
> わたし しょうらい ゆうめい えら
> ならなくても　いいです。ずっと　家族と　一緒に　住
> かぞく いっしょ す
> んで、楽しく　生活したいです。
> たの せいかつ
> 　それから、いろいろな　国へ　行って　みたいです。
> くに い
> お金が　たくさん　かかりますから、まず　10年ぐらい
> かね ねん
> 一生懸命　働く　つもりです。外国語も　勉強しなくて
> いっしょうけんめい はたら がいこくご べんきょう
> は　いけません。毎日、家で　本を　読んだり、CDを
> まいにち いえ ほん よ
> 聞いたり　して、勉強する　つもりです。
> き べんきょう

❶ 私は　将来　有名に　なりたいです。　　　　（　　　）
わたし しょうらい ゆうめい

❷ 私は　一人で　生活したいです。　　　　　　（　　　）
わたし ひとり せいかつ

❸ 外国へ　行く　前に　10年ぐらい　働く　つもりです。
がいこく い まえ ねん はたら
（　　　）

❹ 毎日、学校で　外国語を　勉強する　つもりです。
まいにち がっこう がいこくご べんきょう
（　　　）

病気になります（生病）
びょうき

頭が痛いです（頭痛）
あたま　いた

熱があります（發燒）
ねつ

咳が出ます（咳嗽）
せき　で

鼻水が出ます（流鼻水）
はなみず　で

鼻が詰まります（鼻塞）
はな　つ

怪我をします（受傷）
けが

火傷をします（燙傷）
やけど

にきびができます（長青春痘）

注射をします（打針）
ちゅうしゃ

食欲がありません（食慾不振）
しょくよく

目が赤いです（眼睛充血）
め　あか

風邪をひきます	感冒
かぜ	
お腹／喉／歯が痛いです	腹痛／喉嚨痛／牙痛
なか　のど　は　いた	
吐き気がします	噁心
は　け	
血が出ます	出血
ち　で	
手術します	動手術
しゅじゅつ	
入院します	住院
にゅういん	
退院します	出院
たいいん	
レントゲンをとります	照X光
薬を塗ります	擦藥
くすり　ぬ	
目薬をさします	點眼藥水
め　ぐすり	
気持ちが悪いです	噁心
き　も　わる	
下痢をします	腹瀉
げ　り	
骨折します	骨折
こっせつ	
ねんざします	扭傷

行ってきます・行ってらっしゃい
（我出門了・慢走）

ただいま・お帰り（なさい）
（かえ）
（我回來了・你回來了啊）

いただきます・ごちそう様（でした）
（さま）
（開動了・謝謝招待）

失礼します・どうぞ
（しつれい）
（打擾了・請進）

お先に失礼します・お疲れ様でした
（さき　しつれい　つか　さま）
（我先走了・辛苦了）

誕生日おめでとう（ございます） たんじょう び	生日快樂
合格おめでとう（ございます） ごうかく	恭喜你考上了
メリー・クリスマス	聖誕節快樂
どうぞ良いお年を よ とし	祝你能過個好年
あけましておめでとう（ございます）	新年快樂
それでは（じゃあ）、また	再見
ごめんください	請問有人在嗎？
いらっしゃい（ませ）	歡迎光臨
どうもありがとうございます	非常感謝
どういたしまして	不客氣
すみません	不好意思、對不起
ごめんなさい	抱歉、對不起

どうぞお大事に
だいじ
（請保重身體）

お元気で
げんき
（祝你身體健康）

●気象
きしょう

●氣象

はれ	晴れ	晴天
くもり	曇り	陰天
あめ	雨	雨天
ゆき	雪	雪
かみなり	雷	雷
かぜ	風	風
たいふう	台風	颱風
じしん	地震	地震

あつい ［暑い］
（炎熱的）

さむい ［寒い］
（寒冷的）

あたたかい ［暖かい］
（溫暖的）

すずしい ［涼しい］
（涼爽的）

●動物
どうぶつ

動物●

いぬ ［犬］
（狗）

ねこ ［猫］
（貓）

うし ［牛］
（牛）

ぶた ［豚］
（豬）

とり ［鳥］
（鳥）

ぞう ［象］
（大象）

くま ［熊］
（熊）

うさぎ ［兎］
（兔子）

さる ［猿］
（猴子）

ライオン
（獅子）

とら ［虎］
（老虎）

パンダ
（熊貓）

きりん
（長頸鹿）

ペンギン
（企鵝）

コアラ
（無尾熊）

イルカ
（海豚）

　国語　　　：現代文、古典（古文、漢文）
　　こくご　　　　げんだいぶん　こてん　こぶん　かんぶん

　地理歴史　：世界史、日本史、地理
　ちりれきし　　せかいし　にほんし　　ちり

　公民　　　：現代社会、倫理、政治・経済
　　こうみん　　　げんだいしゃかい　りんり　せいじ　けいざい

　数学　　　：代数学、幾何学、解析学
　　すうがく　　　だいすうがく　きかがく　かいせきがく

　理科　　　：理科総合、物理、化学、生物、地学
　　りか　　　　　りかそうごう　ぶつり　かがく　せいぶつ　ちがく

　保健体育　：体育、保健
　ほけんたいいく　たいいく　ほけん

　芸術　　　：音楽、美術、工芸、書道
　げいじゅつ　　　おんがく　びじゅつ　こうげい　しょどう

　外国語　　：英語
　がいこくご　　　えいご

　家庭
　かてい

　情報
　じょうほう

　特別活動
　とくべつかつどう

　その他　　：ホームルーム活動、生徒会活動、学校行事
　　た　　　　　　　　　かつどう　せいとかいかつどう　がっこうぎょうじ

●大学の主な学部と学科　　　　　　　　　大學主要學院與系所●
　だいがく　おも　　がくぶ　　がっか

　医学部
　いがくぶ

　歯学部
　しがくぶ

　薬学部
　やくがくぶ

　農・獣医畜産・水産学部
　のう　じゅういちくさん　すいさんがくぶ

　工学部　：機械、電気・電子、情報、土木、建築、原子力、航空、船舶
　こうがくぶ　きかい　でんき　でんし　じょうほう　どぼく　けんちく　げんしりょく　こうくう　せんぱく

　理学部　：数学、情報、物理、化学、生物学、地学
　りがくぶ　すうがく　じょうほう　ぶつり　かがく　せいぶつがく　ちがく

　法学部　：法学、政治学
　ほうがくぶ　ほうがく　せいじがく

　経済・経営・商学部
　けいざい　けいえい　しょうがくぶ

　文学部　：文学、史学、哲学
　ぶんがくぶ　ぶんがく　しがく　てつがく

●日本の教育制度
にほん　きょういくせいど

日本教育制度●

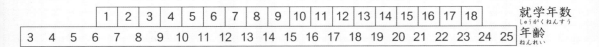

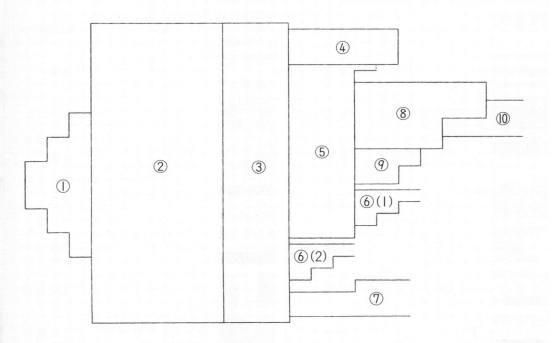

①幼稚園 ようちえん	幼稚園	
②小学校 しょうがっこう	小學	
③中学校 ちゅうがっこう	國中	
④高等専門学校 こうとうせんもんがっこう	高等專科學校	
⑤高等学校 こうとうがっこう	高中	
⑥専修学校 せんしゅうがっこう	專科學校	
（1）専門学校 せんもんがっこう	專科學校	
（2）高等専修学校 こうとうせんしゅうがっこう	高等專科學校	
⑦各種学校 かくしゅがっこう	各類專科學校	
⑧大学 だいがく	大學	
⑨短期大学 たんきだいがく	短期大學	
⑩大学院 だいがくいん	研究所	

●国の名前 <small>くに なまえ</small>　　　　　　　　　　　　　　　　　　國名●

	ちゅうごく［中国］	中國
	かんこく［韓国］	韓國
	シンガポール	新加坡
	タイ	泰國
	マレーシア	馬來西亞
	インドネシア	印尼
	ベトナム	越南
	フィリピン	菲律賓
	インド	印度
	イラク	伊拉克
	トルコ	土耳其
	ロシア	俄羅斯
	イギリス	英國
	ブラジル	巴西
	ドイツ	德國

	フランス	法國
	イタリア	義大利
	スペイン	西班牙
	オランダ	荷蘭
	スイス	瑞士
	スウェーデン	瑞典
	ケニア	肯亞
	エジプト	埃及
	ナイジェリア	奈及利亞
	オーストラリア	澳大利亞
	ニュージーランド	紐西蘭
	アメリカ	美國
	カナダ	加拿大
	メキシコ	墨西哥
	アルゼンチン	阿根廷

●単位
たんい

單位●

長さ
なが

ミリメートル（mm）	毫米
センチメートル（cm）	公分
メートル（m）	公尺
キロメートル（km）	公里

面積
めんせき

平方センチメートル（c㎡） へいほう	平方公分
平方メートル（㎡） へいほう	平方公尺
平方キロメートル（k㎡） へいほう	平方公里
坪 つぼ	坪

体積
たいせき

立方センチメートル（c㎥） りっぽう	立方公分
立方メートル（㎥） りっぽう	立方公尺
リットル（ℓ）	公升

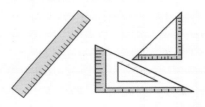

重さ
おも

グラム（g）	公克
キログラム（kg）	公斤
トン（t）	噸

温度
おんど

度（℃） ど	度

割合
わりあい

パーセント（％）	百分比

通貨
つうか

円（¥） えん	日圓
ドル（米ドル）（＄） べい	美金
ユーロ（€）	歐元
台湾元（NT＄） たいわんげん	新台幣
人民元（¥） じんみんげん	人民幣

地震の大きさ
じしん おお

震度 しんど	震度
マグニチュード（M）	地震規模

動詞活用表

Ｉ類（五段活用動詞）

	ます形		て形
言います	いい	ます	いって
歩きます	あるき	ます	あるいて
すきます（お腹が）	すき	ます	すいて
気づきます	きづき	ます	きづいて
※行きます	いき	ます	いって
脱ぎます	ぬぎ	ます	ぬいで
引っ越します	ひっこし	ます	ひっこして
持ちます	もち	ます	もって
死にます	しに	ます	しんで
選びます	えらび	ます	えらんで
頼みます	たのみ	ます	たのんで
なります	なり	ます	なって
乗ります	のり	ます	のって
※あります	あり	ます	あって

字典形	ない形		た形	中文	課
いう	いわ	ない	いった	說	36
あるく	あるか	ない	あるいた	步行	31
すく	すか	ない	すいた	（肚子）餓	35
きづく	きづか	ない	きづいた	發現	35
いく	いか	ない	いった	去	13
ぬぐ	ぬが	ない	ぬいだ	脫	37
ひっこす	ひっこさ	ない	ひっこした	搬家	38
もつ	もた	ない	もった	拿、帶	26
しぬ	しな	ない	しんだ	死亡	21
えらぶ	えらば	ない	えらんだ	選擇	27
たのむ	たのま	ない	たのんだ	拜託	31
なる	なら	ない	なった	變成	32
のる	のら	ない	のった	搭乘	33
ある		ない	あった	有〜、在〜	7

II類（一段活用動詞）

	ます形	て形
います	い｜ます	いて
出ます	で｜ます	でて
覚えます	おぼえ｜ます	おぼえて
確かめます	たしかめ｜ます	たしかめて
忘れます	わすれ｜ます	わすれて
受けます	うけ｜ます	うけて
※降ります	おり｜ます	おりて

字典形	ない形		た形	中文	課
いる	い	ない	いた	有～、在～	8
でる	で	ない	でた	出現（咳嗽）	36
おぼえる	おぼえ	ない	おぼえた	記住	31
たしかめる	たしかめ	ない	たしかめた	確認	35
わすれる	わすれ	ない	わすれた	忘記	36
うける	うけ	ない	うけた	應試	38
おりる	おり	ない	おりた	下	35

III類（不規則動詞）

	ます形	て形
来ます	き ます	きて
します	し ます	して
研究します	けんきゅうし ます	けんきゅうして
掃除します	そうじし ます	そうじして
質問します	しつもんし ます	しつもんして

字典形	ない形		た形	中文	課
くる	こ	ない	きた	來	13
する	し	ない	した	做	14
けんきゅうする	けんきゅうし	ない	けんきゅうした	研究	31
そうじする	そうじし	ない	そうじした	打掃	34
しつもんする	しつもんし	ない	しつもんした	詢問、發問	35

●動詞の変化を伴う表現　　　　　　　　　　　動詞活用的各種句型●
どうし　へん　か　ともな　ひょうげん

❖第2冊
だい　さつ

文　型	例　文	課
〈ます形〉たいです	私はカレーライスを食べたいです。 我想吃咖哩飯。	19
〈ます形〉ませんか	一緒に食事をしませんか。 要不要一起吃個飯呢？	19
〈ます形〉に 行きます 　　　　　　来ます 　　　　　　帰ります	スーパーへ野菜を買いに行きます。 到超市買蔬菜。	20

❖第3冊
だい　さつ

文　型	例　文	課
〈ます形〉すぎます	ビールを飲みすぎました。 喝太多啤酒了。	25
〈辞書形〉ことです	私の趣味は泳ぐことです。 我的興趣是游泳。	23
〈辞書形〉ことができます	私はスキーをすることができます。 我會滑雪。	24
〈て形〉ください	ちょっと手伝ってください。 請幫忙一下。	26
〈て形〉、〜	デパートへ行って、買い物をします。 去百貨公司購物。	27
〈て形〉から、〜	宿題をしてから、寝ます。 做完功課之後睡覺。	27

文　型	例　文	課
〈て形〉います　①現在進行式	木村さんは、今、本を読んでいます。 現在木村先生正在看書。	28
〃　　②狀態	私は眼鏡をかけています。 我戴著眼鏡。	29
〃　　③工作	私は英語を教えています。 我目前在教英語。	29
〃　　④習慣	私は毎日ジョギングをしています。 我每天慢跑。	29
〈て形〉もいいです	ノートを見てもいいです。 可以看筆記。	30
〈て形〉はいけません	友だちと相談してはいけません。 不可以和朋友商量。	30

❖第4冊
だい　さつ

文　型 ぶん　けい	例　文 れい　ぶん	課 か
〈ます形〉ながら	雑誌を見ながら話します。 一邊看雜誌一邊説話。	31
〈辞書形〉前に まえ	映画を見る前に食事をします。 看電影之前先用餐。	35
〈辞書形〉つもりです	私は台湾に帰るつもりです。 我打算回台灣。	38
〈て形〉みます	ちょっと見てみます。 我看一下。	31

〈た形〉ことがあります	私は新幹線に乗ったことがあります。 わたし　しんかんせん　　の 我曾經坐過新幹線。	33
〈た形〉り、〈た形〉り	散歩をしたり、テニスをしたりします。 さんぽ 散散步，打打網球。	34
〈た形〉後で 　　　あと	映画を見た後で食事をします。 えいが　み　　あと　しょくじ 看電影之後用餐。	35
〈ない形〉ないでください	写真を撮らないでください。 しゃしん　と 請不要照相。	36
〈ない形〉なくてはいけません	土曜日は塾へ行かなくてはいけません。 どようび　じゅく　い 星期六一定要去補習班。	37
〈ない形〉なくてもいいです	日曜日は塾へ行かなくてもいいです。 にちようび　じゅく　い 星期日不去補習班也可以。	37
〈ない形〉ないつもりです	日本の大学に入らないつもりです。 にほん　だいがく　はい 我不打算上日本的大學。	38

索引

147

新式樣裝訂專利 請勿仿冒
專利號碼　M249906 號

加油！日本語 ④　　　　　　　　　　　　　　　　　　　（附有聲CD1片）

2009年（民98）4月1日　第1版　第1刷　發行

定價 新台幣：300 元整

監　　修　　高津正照・陳美玲
發 行 人　　林　　寶
編　　著　　大新書局編輯部
總　　編　　李 隆 博
責任編輯　　鈴木聰子・石川真帆
發 行 所　　大新書局
地　　址　　台北市大安區(106)瑞安街256巷16號
電　　話　　(02)2707-3232・2707-3838・2755-2468
傳　　真　　(02)2701-1633・郵政劃撥：00173901
登 記 證　　行政院新聞局局版台業字第0869號

香港地區　　香港聯合書刊物流有限公司
地　　址　　香港新界大埔汀麗路36號 中華商務印刷大廈3字樓
電　　話　　(852)2150-2100
傳　　真　　(852)2810-4201

ISBN 978-986-6882-99-9 (B624)